## 作者简介

**张爱国** （别名：铁头），男，1960年生人，籍贯河北衡水，中共党员、公务员、河北省作家协会会员。已在人民日报出版社出版《我的……》（家族篇）、《我的……》（文学篇）等书，曾担任衡水日报特约记者、通讯员，发表多篇报道和散文。

# 放风筝的人

张爱国◎著

人民日报出版社·北京

**图书在版编目（CIP）数据**

放风筝的人 / 张爱国著 . —北京：人民日报出版社，
2019. 7
ISBN 978 - 7 - 5115 - 6116 - 9

Ⅰ.①放… Ⅱ.①张… Ⅲ.①散文集—中国—当代
Ⅳ.①I267

中国版本图书馆 CIP 数据核字（2019）第 140190 号

书　　名：放风筝的人
　　　　　FANG FENGZHENG DE REN
作　　者：张爱国

出 版 人：董　伟
责任编辑：葛　倩
封面设计：中联学林

出版发行：人民日报出版社
社　　址：北京金台西路 2 号
邮政编码：100733
发行热线：(010) 65369509　65369512　65363531　65363528
邮购热线：(010) 65369530　65363527
编辑热线：(010) 65363486
网　　址：www. peopledailypress. com
经　　销：新华书店
印　　刷：三河市华东印刷有限公司

开　　本：710mm×1000mm　1/16
字　　数：100 千字
印　　张：16. 5
版次印次：2019 年 7 月第 1 版　　2019 年 7 月第 1 次印刷

书　　号：ISBN 978 - 7 - 5115 - 6116 - 9
定　　价：78. 00 元

## ●●●●●● 目录

# 放风筝的人

街上吹来一阵冷风，
我们不期而遇，
他喊出我的名字。

我回头，
仿佛面对一面白墙，
努力回忆。

嗨！好久不见！
好尴尬，
他嘻嘻地说，
我微微一笑，
我们寒暄一阵，
告别街头。

事后，
我坐在书房里想他是谁。

想啊想，
终于想起，
我曾帮他推销过商品。

那人一直寻找人帮他做生意，
像放风筝，
手里拉着一根长线，
想放就放，想收就收，
可他自己总徘徊在原地。

# 打更人

我生活的小区，
说是全市最好的，
左临市重点中学，
中间的路叫庆丰街。
这条街的路灯，
根本就没装过。
夜，
是这里的打更人。
每次路过，
我都不再害怕，
他总要叮嘱我。
放心，
自己心里有灯，
就能回家。

# 白发人

一根白发，
引起大面积的恐慌。
这还了得，
真相败露！

一场雪，
不经意就落于头顶，
被覆盖的人，
诗般地展示着。

一群孩子，
坐在跷跷板上吃东西，
佯装，
看不见把白发涂成黑色的人。

# 压麻的腿

你还在滔滔地说，
希望我永远幸福。
我笑笑，
永远是善变的脸，
你仍不管，
会议室的门被风刮得直晃。
好吧，
我把耳朵奉上，
你就是，
我那条压麻的腿。

# 人

人，
经历的所有事，
最终飞走，
寻找各自的故乡。
迷乱了身后的脚印，
总被"左顾右盼"诱惑，
忘了蓝天和远方。
人，
天生是一个爱美的，
到老了，
才开始学会一个人在一间房里寻找快乐。
当死亡的火焰映红脸庞时，
女人还是忍不住拿出粉扑，
急着补妆；
男人还在惦记，
要把皮鞋擦得锃亮！

# 走向自己

从不相信，

别人是自己灵魂的主人。

人拜了天地，

终归拜自己，

在自己轮廓的谷底，

留下不灭的足迹。

不要害怕孤单，

它只会欺骗纷乱的心。

给自己的后退留下一百条辩解的舌头。

相信日月的光辉，

就在自己的眼睛里。

# 一次还清

因占有一席之地，
借过几缕春风洗面，
浅尝过醉云送的几杯淡酒。
冬天已经沉下脸，
风已开始催促，
诗画般的树，
倾尽所有，
洒脱地，
一次还清所有的债务。

# 绝处逢生

你的工作、学习、生活，
是你的排行榜，
我根本不在乎你爱与不爱。
当你失去阳光、水 、土壤，
我定然出现，
让你起死回生！

# 我爱我的祖国

我爱我的祖国，

你笑了，

一个老夫懂什么国家兴亡。

我不需要证明，

这是无言的力量。

我有富饶的大脑，

我耳聪目明。

心中的火炬能将宇宙照亮，

我的想法就是春天的种子，

冬天一过，

就是三月芳菲的天堂。


我不是颂歌者，

我看到大海深处，

汇集着黑暗的力量。

没人知道，

它把一篇篇日记深藏。

我赏观着，
白昼与黑夜的冲撞，
笑看奇峰冲出浩瀚的海面，
在日月同辉之时，
发出无限灿烂之光！

# 衡水吟

离远衡水看衡水，
滏阳河由竖流变化横行。
为衡水，大河使出了浑身解数，
由南向北又自西而东。

太行已知大河的不易，
滔滔林海为大河注入款款深情。
看大河辗转送水来到了衡水，
才掬一朵浪花润润喉咙。

大河舍不得人们挥霍，
一路上，还有许多干渴的弟兄。
滏阳河弱水三千沿途接济，
可有些衡水人不知道让河水干干净净！

# 从冰缝爬出一个灵魂

从冰缝爬出一个灵魂，

拼命地跑吧，

给你一个晴天，

再配送一个温暖的太阳，

跑出萧瑟，

离开杂念，

告别对与错，

在南海观音的肩上打开翅膀。

# 当我安静的时候

当我安静的时候，
花朵就栖息在额头。
它在那里小声地说话，
我听得很清，
它说它喜欢我，
还有我的伴侣，
说我们都要用力歌唱，
就会阻止云朵形成乌云……

# 生病的时候

生病的时候会深想很多人和事，
想爹娘，
照片，
已遥远的温馨。

生病的时候躺在床上，
却想着远方的一些人，
同事，这朋那友。
谁知道呢，
我想着他们笑话我的模样。

生病的时候想起很多人和事，
却不敢想你，
我的老伴！

# 她

镜子告诉我我有多老，
很多场合已经不适合。
把头发染黑，
总觉得太花哨。
默认，
是老者学会的第一项本事。
可你总在我的名字前加个"小"……

# 哈哈，难得糊涂

你还是低下了一颗头颅，
岁月，服也得服，不服也得服。
画地为牢的一生却起伏跌宕，
痛心疾首，悔不当初。

被人们吹嘘的生命之旅，
居然是一场必输的豪赌。
怪不得人在咣咣撞南墙之后，
迷恋上难得糊涂。

本来当个正常人好好的，
却削尖脑袋去争风吃醋。
当初在娘肚子里糊涂且单纯，
何必来人间痛苦？

# 我的春天

苦难才是生活烂熟的道理。

我不在乎树枝上掉下一片花瓣，

我本想捡起，

大地却说，

我就不能美丽？

伫立良久，

突然想起天寒地冻的北方，

那窗玻璃的冰花也在春天里。

啊！

原来春天哪儿都有，

我的春天在心海里。

# 我就是我

没来得及舔去嘴边甜甜的蜜，
我的世界响起惊喜。

我就是我，
不在乎，
朋友一个跟着一个地离开。
朋友本属远方来，
而你们验证了远方的虚伪。

# 不写诗的日子

在不写诗的日子里，

我们只谈太阳落山的原因。

你说，

久在高处站着的人会晕眩和腿软，

总需要一间闪着星星的咖啡屋。

我说，哪有？

他是去后山，

趴在低矮的墙上，

看那个双手粗糙的姑娘，

为他劈柴的秘密⋯⋯

# 别轻易喊朋友

别张嘴就喊朋友，

灾难来的时候，

看谁先躲。

我们虽有不醉的酒量，

却难抵一个酒瓶盖的力量。

但，谢谢你，

在大叫朋友的时候。

# 新年快乐

我在海南岛喂那些彩色的鸟，
这样，
我和诚实的人们祝福新年时，
它们就不会站在我的肩头。
这样，
它们就有足够的力量去万泉河边，
用甘泉尽情欢愉地洗衣裳。
春天还没开口，
它们就把一群鱼儿的歌带到每个人的身旁。

# 白天之念

白天能不能久留？
过完了白天还过白天，
把黑夜打包物流给太阳，
把它封存在地角天边。

让白天一如既往，
让白天连成一片。
到那时候，尽管黑夜蠢蠢欲动，
也无机可乘，望天兴叹。

刚知道黑夜是受人指使，
才天天对白天百般刁难。
勤劳的白天小心翼翼地提出了建议，
建议黑夜去冬眠。

# 忏 悔

指令已在锃亮的办公桌上打滑，
倾听的人强扮成一块海绵，
不管冷热，
通通吸进微小的空隙。
它们在等新的主人压挤，
你会不由自主地忏悔一生。
幸亏，
在不能承受之际，
还有另一只手，
用尽力气为你挤出丝丝甜蜜。

# 留下温暖

冰河还没有融化前，
我想去看看相见无期的朋友，
不让他们再做北风的奴隶，
把他们跪久了的双膝扶起。
不再沉迷，
我要长久地守候在他们面前，
留下更多的温暖，
请一棵打着哈欠的小草，
将他们一一唤醒！

# 陋室铭

人生至极，以图泰清。

天高浮云，雁过留影。

清风朗月，悬空意境。

风摧林而枯，锋芒露则倾。

万象皆大道，且莫胡乱行。

把弦素琴音，阅心经。

古有巢父洗耳，今人逸清浪形。

伯牙子期，千古留盛名。

何陋之有？

# 人们假装相信

你端着碗，

却望着锅里。

大衣镜照着你的大肚，

你吃不了那么多，

却偏要说出震耳的话语。

人们只能假装信了，

自己信不信你知道，

只因你给自己建了世上唯一避雨的房子。

而人们在路上，

还是迷路……

# 各自孤独

一只小船把鸟儿当作朋友，
心里话，
也无法将它挽留。
它飞向天空，
天好像一直在接近，
鸟儿却摘不到一颗最近的星星。

# 它们在寻找你

只是落下几片儿，
雪就停了。
好像刚哭的婴儿，
嘴里马上被塞进一个奶嘴。
可天还是那么阴沉，
没有阳光，
万物的颜色反而更加浓郁，
让人清晰地看到烦恼和幸福。
仰着一张张茫然的脸，
眼里闪着痛苦的找寻。

# 自 卑

自卑，
是银行贷款。
脚与地摩擦的声音，
让人惊忧四面楚歌。
傲慢的发，
怯懦的衣角，
文身般的十指，
都让遮挡月光的青纱帐里有了杂乱的脚印。

# 没有彷徨没有烦恼

此时此刻刚好，
我的黎明就在这儿，
清凉的太阳下面，
世界里早已有了我的宣告。

我的笔杆长出了春芽，
我的歌声吹散了无聊的喧嚣，
诗朗诵追忆着我的勇气，
我迎着春的霞光奔跑。

我追上了南来的燕子，
让它们在我的屋檐上筑巢，
因为这里才是它们的希望，
希望，还能变成美好！
屋顶上的麻雀对着彷徨呐喊，
呐喊了四季仍是无依无靠。

此时天空雷鸣电闪，
更彷徨了那群无家的鸟。
我与屋檐上的燕子拉着家常，
它们不知啥叫彷徨，
我更不知啥是烦恼……

# 涟漪

你想在幻想的椅子上，
唱出欢快的多瑙河。
一支低沉的大提琴曲，
陪着你的心，
在这忐忑的圈圈里，
弹啊弹，
荡起乱耳的涟漪。

# 允许你的泪水流进酒杯

允许你像奴隶一样，
对主子低下头去，
用力张开十指，
捧住酒杯，
将同你的故事灌入肚皮。
此时的你，
脸上悄然多了两条小溪，
我愿意看着它，
从眼角没有曲折地流进酒杯。

# 酗酒的老男人

名利，

一张画皮，

男人穿了几十年。

褪了颜色，

走了模样，

那皮的灵魂浸进了血液，

双腿拖不动的时候，

酗上一夜的酒。

真好啊！

身体比一支烟还轻……

# 站在世界外

两把椅子，
围坐在案旁。
突然有一天，
一把椅子被带到阳台，
春风杨柳，
四月的天！
它却很委屈，
觉得站在了世界之外……

# 时 光

在家，
一口饺子一口酒。
心安地泡在饺子汤中，
静谧的黄昏里，
轻念乡愁。
别把时光留给了那把官椅，
坐久了，
你的腰会弯到九十度。

# 站在阳台

阳台上的蒜头发芽了，

它和春天早就说了悄悄话。

窗台上的花，

应是最早的知情者。

我站在阳台上，

仰起头，

用力吐出冬天的寒气。

# 一城花满地

南风徐徐吹，
雁北飞，
终是有了你的消息。

执温笔，
写不尽相聚欢意。
入了你的戏，
回忆终归是回忆。

多年后，
不要难以忘记，
看窗外一城花满地。
杨柳依依，
月光如水，
妩媚着夜色。

此刻，

往事不必再提，
就这样彼此彼此。
静静的，
在起风的日子，
湖面波光涟漪。

# 担　心

风比我忙，
它一直摇着树枝。
我看到，
它能把树枝吹绿，
又能摇响树枝上的风铃。
我担心，
风能否把人们的心唤醒。

# 看　透

你出牌，
总想像大山压倒一切。
你想自己的办公室
有无数哈哈镜竖立，
到处是对你掩饰不住的笑意。
而远处，
传来一声响，
呸！
我的鼻息却比柔软的灯光平静。

# 在小岛上

多好啊，

在小岛上，

做两只安逸的鸟，

用芦苇搭建宫殿。

我用日出变出你喜爱的金橘。

你去月球，

请来吴刚，

不再东奔西跑，

不再焦虑。

多好啊，

在人间的桂花树旁，

我们饮酒，

你和嫦娥织网……

# 失 笑

多年前，
我们旅行结婚来拜天坛。
寻找春天，
我们大胆，
我挥着手，
望着天，
你失笑，
回音在天坛……

# 天和地

树比我们高，
它在地上生长着。
比树高的是鸟，
天空最终还是把鸟扔在地上。
地仰望着天，
天没有地的心广阔，
而我们是心的轮廓，
一路曲折。

# 大梦一场

求名，
求利，
怎么也放不下有裂纹的鼓槌。
用月光，
净洗肉身，
手指上的十个指甲如小镜子，
被照亮。
听着离歌，
却不落泪的梦。

# 我的月亮

我的月亮，

正面照护着我，

背面抵挡着宇宙的风，

一生小心翼翼，

生怕我困在井里，

再也去不了树梢上的皎洁。

# 好想你们啊

过了一个好长好长的冬天，

小雨滴，

嫩嫩的柳，

从天堂回来了。


柳，

优哉游哉，

与人们摩肩蹭脸。

雨，

滴答滴答，

无论落到哪里都是那句——好想你们啊！

# 清明日

静视墓碑，
诉说情愫，
遥望着天，
泪成诗行，
痛彻喊呼，
穿透天堂！
春色无边，
跪拜合掌，
祈佑未来，
人间天堂。

# 有人更爱你

男人，
总有那么几天，
让自己站在雨里。
梦里解决不了的问题，
只好交给大大的酒杯。
其实有啥呢？
只是后悔摔碎的汗水。
侧脸却笑了，
看到她用力挽起的手臂……

# 风筝的尾巴

田野里，
老人们在春耕。
阳光，
追着他们的身影。
他们又像太阳，
不愿告诉真实的年龄，
如风筝的尾巴，
在空中用力地摆动！

# 理想的人生

那棵树杈上的巢里。
有我的良心。
展翅高飞！
让混迹江湖的我的影子，
不用装腔作势地歇斯底里，
更不用担心，
狼和狐狸……

# 拱猪归来

拱猪归来！
忘了回家的路。
夜风温暖，
呼吸舒畅。

小路边的灯卿卿我我，
红尘真的美好，
谁在那边憨笑，
一个醉汉在感悟！

霓虹灯照样闪烁，
还有那万家灯火，
前方那窗多彩，
我的归宿……

# 春天里

一扭头，
一树桃花盛开，
暖暖的风，
将我吹醉，
满心欢喜，
花前树下，
翠嫩的桃叶，
一直向我问好。

一双燕子，
飞来窗阁。
三五只麻雀，
在桃枝上嬉戏。
那双蝴蝶，
在花场痴迷。
一个胖娃娃，
一直抬头向我问好。

行走在衡水湖畔，

金黄的芦苇帘，

野鸭在嬉戏，

各种鸟儿在追逐着什么。

还好跳跃的鲤鱼，

一直向我问好。


岁月的风波，

让人难以忘却。

春天的花朵，

过了冬天就灿烂光辉。

桃花谢了樱花开，

睡至三更凡名利皆成幻境，

再过百年无老少俱是古人。

还好，

行走在春天里，

她一直向我问好！

# 另一条路

我在另一条路上，
看你跋涉，
你把双膝跪下去，
落地生根。
一声叹息泄露了天机，
我知道，
应该把大山里寻到的寂静，
送给一个硝烟里逃出的人。

# 我心荡漾

静看天空云卷云舒，
欢乐着四月的绽放。
你纯情的笑，
我已痴狂！

我从你的笑里，
有了一个完美的世界，
铃儿响叮当！

三生三世的梦，
三下子哟三下子，
你的笑变成真。
你是人间的四月天，
鲜亮了四面和八方，
吾心荡漾……

# 一路光明

亲爱的孩子，
你要知道，
世界是美好的，
哪有什么困难，
一路光明，
若有，
也是人类制造。
看蜗牛，
躲在厚厚的壳里，
即使不远处有战争，
它也会觉得，
那里锣鼓在喧哗。

# 月光下

月光映着温情的画面，
你动人的眼睫毛，
依然清晰可见。
静静地，静静地……

幸福，
朦胧在当晚，
遮挡了思念。

# 自 由

我，
脚踩大地，
手牵真理，
这才知道翅膀是如此多余。

# 请不要打扰我

请不要找我，

或把一堆废话扔进我的湖里。

小船，

没有时间的守候，

荡一双自由的桨，

毫不介意，

没有拒绝，

不用说爱你。

看！

那无声的涟漪……

# 衡湖之恋

我爱衡湖荡漾，
像爱情一样，
爱情离开了我，
我心迷茫。

我爱衡湖荡漾，
云儿在飘荡，
鸟儿欢快飞来，
看我模样。

我爱衡湖荡漾，
木船在岸旁，
就像我的眼睛，
望向远方。

# 想 他

世界那么大，
盛不下我的"想他"，
只好视频，
唤着他的小名。
阿姨兴高采烈地讲着他的新闻，
我急着问，
后来呢？
手机没信号了……

# 谷雨喜雨

谷雨时节雨纷纷，
辽阔麦田遇甘霖。
感恩老天解人意，
焚香叩拜望月吟。

# 如果可以

如果可以，

我想在湖边多坐一会儿。

就好像，

我是一个不一般的脱尘人，

我可以任性，

我可以随心，

身轻如鸟儿，

气定如神，

在一片湖水面前，

装扮成不一样幸福的人。

# 做个鬼脸

朋友，
如果你双眉紧锁，
如果你心事重重，
抬头望向我，
我会做一个鬼脸，
让你大笑起来！

忘记输赢，
忘记纠结，
世界本无事，
庸人自扰之。

如果有一天，
我不能陪伴，
重叠的雪下个不停。
你去海的南岸，
那里，
有我一套漂亮的房。

# 她进了手术室

她进了手术室，
我守在门外。
她的身体被割开，
我的心在流血。

她在病床，
孤独像床单上的血渍。
我一人回到家，
把所有的灯点亮。

老夫老妻，
一个方向。
她说，
她更爱上了我的老模样，
我不吭声，
寸步不离她的病床。

# 一场雨

天地之间，
只有你和我的距离，
我们就可以站在它的屋顶。
一场雨，
会让我们忘记所有疾苦，
佛祖也不用挺直腰板，
庄严地坐在那里。
他和我们，
用雨水洗去种子的污渍，
一场丰收，
我们都会欢天喜地！

# 两个梦

开着电视睡觉，
一个世界看着另一个世界。
一间屋子两个梦，
一个在墙上，
一个在床上。

一个翻身，
一个梦醒了。
眼睁睁，
看着另一个墙壁上的梦。

# 这个世界

这个世界，

有些人活着却已经死了，

他们虽然有气息，

却在醉死。

有人在为死人奔丧，

它不知自己早死了。

一句话，

就能关起扇扇门窗。

篱笆，

遍布城市的大小广场。

花，

却少得可怜。

我，

造了一辆房车，

载着活着的人。

在水一方……

# 为了小字辈

歇了吧！
为了下一辈人，
挣扎！
不是你的初心，
更不是世界的初心。
自然属于你，
去吧！
早拥抱自然的下一辈。
今天，
完全是为了今天，
一场醉……

# 天安门

天安门，
十八个月的孙子看了一眼，
眼睛就开始说话。
他说："真好看。"
所以欢腾！

我们一家人看后，
心也开了口。
好伟大，
那无边的魅力！

我看了，
主席仿佛也看着我，
很慈祥，
很有力量。
我澎湃，
不禁振臂，
毛主席万万岁！

# 离开地球

地球不要你了，
你就是传说里的坏孩子，
你让所有人失望，
就像砸碎的杯。
再见已经多余，
你和你的富贵，
在宇宙坠落。

星辰们困惑地看着你，
你无法解释，
似嘴里的薄荷糖一直制止倾诉。
紧搂乌纱，
不让老人、妻子、孩子继续靠近。
你的生活不该在那张桌子上兜转，
不该在会议室里调侃，
这只会临摹虚无的世界。

离开地球，
你就是一颗星星，
进了家，
你就是太阳……

# 一夜之间

人生如一夜到了暮年，
如夜的黎明，
仿佛一夜之间长大了，
理解了坐立在发梢的时间。
昨夜留给舌头一层厚厚的苔藓，
再不敢轻易吐露一个字词的霜寒。
而双臂总想张开，
抱住四月天。
让爱由远及近，
耶——
孙子！
嗨——
老伴！

# 放　生

坐上房车，
我们该去那座山，
那儿有别样的花草和露水。
响如礼炮，
明如闪电。
抓一把蒲公英，
轻轻地吹，
落到哪里都是花。

# 恶 意

人类中总有恶意的人，
如苍蝇落在雪白的墙上，
且摩拳擦掌。

世界上总会产生武器，
如苍蝇被拍雪白的墙壁上，
印下点点污渍。

# 他们比我冷

初夏，

我穿着薄棉袄，

徜徉在凉风湖边。

赏鸟儿，

身心好温暖，

遥望高楼。

火锅旁影绰着汗流浃背的人们，

虽解松了领带，

他们心中定会很冷，

高朋满座，

而想去抱抱他们的人，

只有我一个路人。

# 麦，你不该黄

两只飞天的大鸟，
拯救发僵的脖颈。
软绵的土路偎依在麦田的世界，
如吃奶的孩子。
太阳还在加热，
一个站在阳光下的影子，
接受温暖，
被万物芬芳缭绕。
风，你不该刮。
麦，你不该黄。

# 找回过去

孙子找回了我丢掉的记忆，
还能让我的记忆延伸，
充满希望。

这个不停地笑的孩子代表了人类，
我急着像他一样，
也许会知道世界真相。
那就不再忧伤，
而人们也会和我一个样。

# 做一次不敢做的事

一定要站到光滑的独木桥上，
你要大胆地走一次，
而别人无法用一只手扶着你。
你在旁边，
听我大喊大叫地走完。

# 最坚强的树

大树坚守着自己，

哪儿都不去，

好似这辈子被困在这个地方，

被风吹，

被雨打，

小虫子也咬它。

可是它是世上最坚强的，

虫子死了，

它还活着。

# 原来我和荒诞是近邻

人们的身子在狰狞的名利市场上飘荡，
跟水泡一样，
都有实现不了的梦想。
那只黑色的鸟带给他们的一片天空，
在心里，
迷雾茫茫。

信仰如双腿在战栗，
站在零度的地上，
我趴在它的背上，
边看书边揣测着，
荒诞的重量。

# 我和我的故事

在我之外，
故事各自上演。
城市、湖里或狭小的船，
赋予它们各自的悲喜。

城市浴室的镜子被涂上一层水汽，
人们永远看不清自己，
找到自我要到如镜的湖中央瞧瞧自己。

# 炎热时

炎热时我们一定要去海边，
它比我们苦涩，
比我们包容，
心比我们静凉。
当海浪退后一千步，
让出沙滩，
它会原谅躁狂的人们。
然后抱抱自己，
又回头把人们抚慰。

# 一个雨天

城市的伞都已经打开，

所有雨滴都在寻找喜爱的酒吧。

每个人带着一杯酒的心情，

把想要的、不想要的分享给自己的情人。

滴答……

滴答……

后背渐热。


农村的伞都没有打开，

所有雨滴都在寻找干渴的土地。

每个人带着一个凉馒头的心情，

把想要的、不想要的分享给自己的胃。

滴答……

滴答……

后背渐凉。

# 一个男人

上午的光不冷不热，
有些温暖。
今天星期天，
于是有了闲暇没了匆忙，
出版社的事一直在头顶悬着，
一个男人仰望，
三本书是我被太阳炼成的金叶，
落在身旁，
就可以买孙子的弹吉他娃娃，
还有妻一直舍不得买的布衣裳。

# 我

我有一双猎豹的眼睛，

尊崇生的力量而无恐惧。

当我嘴角下沉，

不由分说，

世界我举上树顶！

我随即蹿上树，

去俯视这人间的美景……

# 湖里说话的人

他从不说脸上的皱纹来自故乡的湖，
他也从不说不堪重负的家庭，
如向日葵，
总是把向阳的脸朝向明媚。
千鸟齐鸣，
问候他。
丛丛绿意，
向他涌来清新。
鱼儿跃水，
万点感叹，
如星光灿烂。
只有深夜抚摸他的眼睛时，
他才会让一滴泪流下。

# 临江仙

暴雨狂风同至，
衡湖放竿寻鱼。
不随怒浪凭雷驱，
一身蓑衣斗。
轻抚半生须。
舟过一湖蓝水。
怒平云海天枯，
朝阳红透满天梳；
一只云火雀，
霞彩伴征途！

# 怎么办

怎么办?

办公室的椅子再也不愿托着你沉重的屁股。

怎么办?

名利的泥沙涌进你家水管里的清泉。

怎么办?

三个和尚没水吃,

而你是第四个。

怎么办?

帮你的人总是走在看不见路标的路上。

# 与佛同在

没有谁能阻止梦里的噩梦，
没有谁能把大醉的人叫醒。
马路上的人身不由己地徘徊，
倒不如似没有魂的树，
始终以一种自得其乐的姿态入定。

# 不陪你孤独

坐在求名利椅上的你孤独吗？
我可不陪你。

被铁杵磨成针的你孤独吗？
我可不陪你。

被烟酒穿透的你孤独吗？
我可不陪你。

把自己解放在绿水青山的人，
我陪你。
孤独会产生嫉妒……

# 噩　梦

你的梦没有任何的生灵，
只有名利，
你看不到别人，
看不到自己，
一个人摸索着坐在黑暗中，
只听到自己的心跳，
像凌晨五点的铃声。

# 大树下观众生

高温不误名利盼，
名都虽近远望穿。
光泛青波疑是水，
热浮白浪恍如烟。
你来我往怀心事，
凉处唤尔尔不闲。
早知今日悔当初，
青春闲吟蜀道难。

# 夏日快乐

漫湖碧透早观日，满堤绿翠晚盼秋。

飞来飞去湖中燕，自由自在水中舟。

一生信奉天地人，不做红尘名利奴。

美景才知仙家事，鸟语花香哪来愁？

# 笼里笼外

漫步树林，
鸟鸣回荡。
几只在笼里高歌，
一群在树枝上梳洗。
只是笼里的声高，
树上的语低。

# 孤独的补丁

人类早就你争我夺，

路还在修，

永无止境，

把粪便撒向各个角落。

一棵树因为盖楼被砍杀，

人们不再为自私和残忍而忏悔，

为了自己活着不惜代价。

我想象自己是一叶绿，

覆盖一条干枯的河流，

做这个星球最孤独的补丁。

# 不要忘记

当我和世界的矛盾不可调和时，
我定不是站在桥上解释，
存在即合理，
错的是你。
人生太短，
我不会拿最值钱的时间游戏，
我是你好奇的生僻字，
认真查字典去吧，
不要忘记。

# 我属于自由

我觉得我属于自由，

我不在谁的版图里，

不在一个可以用手指找到的地方。

我不屑在虚伪编织的网下生活，

更不愿在谁的笼子放声歌唱。

我是看不透的云层，

追逐太阳，

也面对黑暗。

电闪雷鸣是我吹响的前奏，

一场暴雨是我豪放的汗水。

星座是我静修的去处，

每一座山都是我看护的百姓。

我用自己的光，

在他们绝望的寒冬花开春暖，

搀扶着他们伤痛的肩膀，

我给的药他们从不知晓……

# 衡水湖

很多时候都喜欢一个人在湖边待着，
平静得像一面镜子的水，
更多时候，
喜欢有鱼跃出水面，击打水花，
证明生命自由地绽放在这里。

芦苇开始扬花的时候已是深秋，
飞扬的芦絮把整个湖岸铺满，
而一双高跟鞋的探寻无法不令水面动容。

我不再理会鱼儿会不会生气，
决定和她划着小木船赏美丽的涟漪……

# 在夏天里表演灵魂

夏，过来！
还有梦中那片云，
你可愿主动倚靠上我的肩头，
袒露心底里一抹温存？

夏，来了！
只为驱赶积压好久的郁闷，
如佛前盛开的那朵莲，
轮回中不忘前世梵音，
早已厌倦孤寂，
厌倦每个冷漠来临。
你热浪滚滚，
我便大汗淋淋。

我不想倾诉悲苦，
大雨滂沱洗尽灰尘，
冲撞出生命的烟花，

光焰向更广阔处延伸。

窗外精灵们唱个不停，
激情照亮远方的家门。
开门拥抱吧，
还有你的唇！

盼着这一时刻，
盼着这一时刻，
高举火把，
高举火把，
点燃夏天！
表演灵魂！

# 添 画

我已睡醒，
天地还在梦中，
抓一束光扔向眼前的朦胧。
窗外多了一条小路，
远处添了几声鸟鸣。

# 我只是它的意外

我的挚友同学周余良，

河北大学毕业，

只身远赴承德，

事业辗转，

冥冥中受到召唤，

开始傍莲而居，

凭栏听雨。

一池摇翠好不矜持，

避暑山庄，

天下的景，

天上的戳影。

山水之精气护他神清骨壮，

身旁的荷叶盛满他的心情……

我伸出双臂也要到山庄的怀里，

与他一起巡山欢行。

虽然我只是它的一个意外，

我可像骤雨初歇后用尾尖点亮那棒槌山的蜻蜓？

# 我想有一个瓶子

我想有一个瓶子，

能装下衡水湖和夏的温度，

及我的深情。

这样就不会看到农民干渴的田地，

还有脸上分不清的汗和泪水，

还有那低于零摄氏度的眼神……

# 别　桥

脚下没有桥应该咋办？
咱挥挥手客客气气地和对岸再见，
咱可以顺河边随意上下，
此岸的风光不差彼岸。

有桥心情可能不一样，
桥下的水可能映照心中的波澜。
徐志摩在康桥之上发了感慨，
心情留在了康河之畔。

看河水扬长而去，
上流之水若隐若现。
有桥没桥都不大要紧，
保全好鞋子别湿在河边。

# 记忆的饼干

一到上坟日，
童年就站在面前，
恍又看到爹娘晃动着铁盒子。
听记忆的饼干脆生生地胜过天籁，
落下的渣，
点点捏起，
还是那么甜……

# 桃　园

夏婆婆刚刚拄着拐杖离开，
秋天就从云朵上冲到了桃园，
一屁股坐在喷香的大地上，
桃树姑娘们乐出了眼泪。
大蜜桃，
笑红了脸……

# 逛桃园

一口蜜桃一朵彩云，
甜美中等饱劲儿上来开始犯困。
只为了忘却陈旧的昨天，
更为了迎接崭新的明晨。

为什么昨天总是陈旧？
为什么明日总是崭新？
问桃树树身沧桑的褶皱，
褶皱的脸看了看天上的流云。

估计犯困是一次聪明，
是巧度噪乱的高等级学问。
枝头小鸟叽叽喳喳交头接耳，
这个世界，众说纷纭。

# 于是乎

往后人人都会有飞机，
想去哪里就飞去哪里。
黎明时直降在美梦的侧畔，
思念之苦会变成甜蜜。

太阳、月亮是什么金梭、银梭？
自己驾机就是玉皇大帝！
什么孙悟空会腾云驾雾，
翩翩起舞自己随心所欲。

假如你此时正在想我，
假如我此时正在想你……
钻进飞机就会实现一瞬之间，
省着你也着急我更着急。

# 大　事

登天时一脚踩空，
跌落在人间摔成了原形，
掉进猪圈摔成猪八戒，
掉进草稞摔成小飞虫。

只因是当初心怀大事，
登天规划层出不穷。
就是没有想到摔的结局，
没想到会到惶恐之中。

刚愎自用的名利，
无一例外沦落成瞎折腾。
爬不上去无法成为天之尤物，
爬上去了原来是游戏人生。

# 兔 训

兔子家族遗传一个高招，
随时随地听见动静撒丫子就跑。
狗专家仔细研究了这条血脉，
发现这里有很多奥妙。

逃跑居然是谦虚，
主要是大事化小，小事化了。
若兔子急了扬起前爪，
挠你个破脸对谁都不好。

为了一辈子温文尔雅，
兔辈一直想做和事佬。
退一步海阔天空，
不必去和狗儿恶搞。

# 人与自然

人把人往城市里撵，
人群本该放归大自然。
自然生存是多么美妙，
人不能脱离自然的食物链。

混在人群心都乱了，
分不清好赖人，看不出好赖脸。
不如去让大自然拥抱着，
美美好好地潇洒一番！

岁月自由地东西穿梭，
自然静候人解甲归田。
好奇的人应去好奇自然的一切，
甭总是奢靡幻想、坑蒙拐骗……

# 桃　花

春天里的桃花可不是赝品，
更比塑料桃花楚楚动人。
真桃花到秋天迎来甜美的桃，
假桃花从来都是以假乱真。

勾引了多少多情的蝴蝶？
和多少蜜蜂私订了终身？
扮真花浑身上下涂抹香精，
先攻鼻孔，然后攻心。

假桃花还能在关键时刻挺身而出，
替真桃花冲进歌厅午夜销魂。
当娇嗔从娇贵的嗓子涌出，
献一束塑料桃花能取她的真身……

# 蒙住的似乎不是眼睛

蛐蛐儿的歌响了，
青青草未变黄。
天高云轻，
我却看到人们用耳塞塞着耳朵，
像驴一样在拉转着磨。
蒙住的似乎不是眼睛，
而是揣测，
虽不开口却在瞎想什么。

# 一生一世

一生似海，
一世如山。
去哪安家？
还是在那肥沃的平原。

一生历四季，
一世经雨雪。
一生一世，
雪花和雨滴谁更甜？

白日做梦，
黑夜失眠。
你希望和自己，
醒时还是梦中见？

# 小草去花坛

那时候正是春意绵绵，
小草怀揣不安出现在花坛。
听说自己肩负了重大使命，
在花坛和鲜花取长补短。

鲜花有了小草美丽极了，
在相机拥簇下咔咔刷脸。
蜂呀蝶呀安营扎寨在鲜花的周围，
为死在花下枕戈待旦。

此时小草似梦似醒？
离花最近却离花最远。
深情小草沾沾自喜，
高举花香，
见过鲜花啥时躲在小草的后边？

# 白日梦

求名利如同白日做梦，
也顾不上判断梦的可能性。
白天睡不醒成为新常态，
酷似梦游南北西东。

怀揣着一颗忐忑之心，
白日做梦是人最伟大的发明。
要不然怎么能和名利见面，
要不然怎么看见情人的身影？

古人探讨过一枕黄粱，
曾经虚心请教过周公。
如今人们只做梦不求解，
自我感觉着很有水平。

# 作 家

作家的嘴爱沉默，
可沉默的笔全都是声音，
像火山爆发。

一支笔像一把火，
高举它，
唤醒沉睡的世界。

人们说日月也有照不到的地方，
爱从不均分。

作家是天生的光神，
即使身在暗处也会把光指给你。

# 伴随者

他不是黑暗的祖先，
却诞下他的子子孙孙。

我是光明的孩子，
要对他一次又一次地救赎。

# 论贪官污吏

贪官污吏可"不得了"，
"不得了"得瘆人，"不得了"得发毛。
认阴阳脸做干爹，
像夏季蛙鸣，尽情聒噪。

他们好似比明星，
故事远比明星的还要热闹。
为头领敬献一股股热乎，
为黑心商家演一段广告。

污手就没了底线，
撕掉人皮干脆做妖。
如今情况，
估计妖怪们已感到不妙。

# 我的诗歌

清晨出门，鸟鸣已经响起，
我和清凉的秋光撞了个满怀。
路过星月露宿的湖边，
细数着扑面而来的细浪，
几声诗歌，击败寡然无味的世俗。
只有挂在树梢的乡愁，
像随水漂浮的荷叶让人牵肠挂肚。

月光荡漾后悄悄散去，
霞光写意江湖。
天气渐凉，
蹒跚的岁月顺着小船轻轻掠过。
借我诗歌的呵护，
那灿烂的光让背后萧瑟的城市取暖。

# 硕鼠过冬

硕鼠不免心慌，
咋这样快就要去经历冬日茫茫？
秋天的硕果还没偷过瘾，
岁月过得怎么就这么紧张！

才熬来了金秋，
谁知又来了可恶的猫死守洞旁。
本想出去再弄些香甜的玉米，
添个小三，再换换洞房！

眼瞅着秋风瑟瑟了，
想起寒冬心就惶惶……
忽然妒恨起南飞的大雁，
人家从不担心越冬的口粮！

# 还自由

我哪里是诗人，
只是热爱着自己的热情，
借着情绪的灵光，
撕碎字典硬硬的皮，
将被牢笼的字词放归，
还它们自由。
看它们扬起四蹄，
在瞌睡着人们的头顶飞奔。

# 放羊老汉

在人间，

他是一个厌世者。

在天空，

他是连星星都不看他的人。

在羊群的眼里，

他是魔鬼，

驱赶着，

让它们追逐生，

让它们奔赴死。

# 豺狼之念

豺狼决心去普及善良，
表决心做一只温和的羔羊。
爬出洞穴要去草地，
布衣素食是豺狼的向往。

当个羔羊太不容易了，
王府之畔反复伪装。
人家羔羊就住在羊圈，
歌吟夜色，大大方方。

# 别 问

我的诗遇到了你陌生的眼睛，

我不是你的亲人，

无须弹拨你怀里的琴。

不懂，别问，

抬头去看天空，

队队雁阵，

声声雁鸣，

你会冲动，

还会变成沙漠的风。

# 何惧之有

不！

绝不去做生与死之间的裁判。

让他们自由搏击，

让他们自由缠绵，

没有胜负，无须宣判。

生，行天道。

死，与地合。

天地转，日月环。

何惧之有?!

# 八月十五

我像吴刚温柔的声音，
像他伴嫦娥般与你行，
我们不用彼此呼唤，
只有窃窃私语，
借这洁白的月光，
揉出一个甜笑的表情。
好在乡音遥远的夜晚，
咽下多味的月饼。

# 想你了

目光越来越亮，

亮了你的心，

还有家乡。

光里有爱的声音，

从天际向下流淌。

月是想你了，

还在梦里上场，

她和你小时候玩耍的院里，

仍有那个一人高的水缸，

里面有一条红鱼儿，

还有个圆圆的月亮。

# 病态人

我就是不理解社会人，
没有对错，
病态的藤蔓，
扭曲了高级动物的法则。
我扭转头去，
不屑直视。

我仰望枝上的鸟，
它看清了世态的真相，
它惊诧地思忖着。
猿是人类的祖先，
救了自己，
却又陷入了猿的彷徨。

# 喝花茶的写诗人

山水画的细瓷茶杯，
浮动着不可思议的香。

一支香烟点上，
一半烟灰还没掉在地上，
莫名心静，
没事，再点一支，
不了不了。

今生注定安逸，
今夜的光定是十五的月亮，
不用辗转反侧。

# 拉关系

拉关系拉得热火朝天，
关系网类似微信的朋友圈。
他爸他妈是故友，
下一辈仍是互利的源。

圈子里的事不能广而告之，
暗中交易心照不宣。
发内功，撬动观众的手臂，
木偶般为其拍手助阵。

# 一颗火热心

这心从未凉过，
不停跳动，
天气很冷，
我又穿得很厚，
你听不到心声。
蚂蚁都可以欢天喜地过一个冬啦，
我却捧着这岁寒心，
把茫然挂上了冰冷的空枝。

# 我的诗

我的诗看似没用处，
它是放进一支新蜡烛的灯笼，
在风高月黑的夜，
照亮你不眠的路。

我的诗看似不是粮食，
它可让你变成一百头牛的主人。

我的诗看似陌生，
它是魂牵梦绕的故乡，
等着游子回家。

# 日月星辰

太阳从不等在床榻上酣睡的人，
无论如何要坐上天空的宝座。
落日从不等来不及归巢的鸟儿，
不管怎样要沉下去让星月光明。
日月星辰轮番地看着，
决不让黑暗的妖魔，
随心而来，随意而去。

# 缺 少

冬天，
瑟瑟的麻雀们在偷食。
它们不懂冬储。
欢愉的农家在炉火旁取暖，
他们知道耕作与收获。
但在梦想的典礼上，
又缺少一个剪彩的人，
门环不断被叩响，
乞讨声从天边传来。
暖炉温热的手，
又要去摸门闩上的冰。

# 啾　啾

求名利的日子比较难堪，
根本无法区分人脸和鬼脸。
眼珠子愣是看不出哪块云有雨，
有雨的云彩才有神仙。

走上小路想不起隐居，
钻进山洞也想不起炼丹。
每当孤独和徘徊出现在岔路口，
方向，一准难以决断。

名利到底是什么东西？
问过所有人，都避而不谈。
只是旮旯胡同里越传越神，
越神越传。

# 秋 心

草儿睡觉了，
再也不会因为风的三言两语心生不平。
处处是秋色，
无人留恋春夏耕耘。
夕阳点亮了谁的灯芯，
梦笑了，
它找到了五谷丰登的家。

# 鹧鸪天

醉眼秋彩五谷黄，
田园尽处泛霞光。
金风习习拂爽面，
玉露晶晶润家乡。
云高淡，菊花香，
千顷洼宽水天长。
骚人欣遇蓬莱境，
渔竿长扬笑远方！

# 虚　者

虚者总是扮演慷慨，

大话和不可一世的样子，

每当利益来临，

他向人们大打出手时，

海已偷偷地把贪婪的波涛向陆地推移，

当浪涛被岩石粉碎成眼泪时，

美人鱼约他讲出人类的悔意。

# 千顷洼思

载风载云载万道霞光，
有故事的千顷洼源远流长。
沿途收录了无数投奔来的细流，
浊水来源于四面八方。

不同的水性在此交汇，
交汇处，总会掀起层层波浪。
波浪中含苞待放的一朵朵浪花，
是汇合之后拧成的力量。

汇聚成后的千顷洼，
由衷地感叹自己的心胸宽广。
在这里，
浊水可以化为清泉滋润万物。

# 名利的意义

名利似各奔一方的兔子，
追兔者抱着一个荒谬的盒子，
里面的滚珠方向难测。
几十年的时间穿着钉子鞋冲刺，
无畏生死，
无须爱情，
无虑尊严，
不过是人生里一张可有可无的插图，
成了名的人却因它难逃各方的揣测。

# 对 抗

脚跟与地板对抗，
臀部和椅子对抗，
心对抗着多事的舌头，
下沉的肩极力托着那张蜡黄张扬的脸。

# 秋枝盼雪

夏日的记忆已经清空，
夏日的记忆，是绿色葱茏。
只为了能盛开一树洁白的雪花，
树枝们已经动了真情。

首先遣散了一树秋叶，
催促秋叶去漫漫长冬。
经过秋高气爽的沐浴之后，
高举热烈等雪花临幸。

明知道雪花不请自来，
树枝们还是万分感动。
当雪花洋洋洒洒挂满枝头，
这样的冬天才显得隆重。

# 彩色的标本

谁都知道人心里有一面镜子，
镜不照人脸，
更无说话的神通，
可它照人心，
照万物，
哪怕那些不易察觉的伤痕，
在镜子里成了彩色的标本。

# 电话号码

我的电话号码，

在你那成了一个不能说话的老人，

在我这它是没上弦的闹钟。

昔日热情的绿叶在秋结成了褐色，

头皮掉落的发深情地陪着总爱遐思的风，

飞着飞着就把故事写到了结尾。

# 存钱罐

我家的存钱罐是个胖胖的瓷猪，

一脸堆笑，

肚里塞满了大大小小的硬币。

因为太满它再没发出诱惑我花钱的声音，

仍是痴笑着，

让人认为那些钢镚儿就是它吃下的东西。

# 归 处

如果快乐是鲜花，
那秋天它去了哪里。
不用寻觅它的归处，
一定是在多彩的果子里。
抱回家，
里面有乐，
还有知音。

# 火 花

太小太美，
呼和吸让人追逐的火花。
我要用所有的火柴，
供养一个让黑夜惊叹的希望。
稚嫩的脸上柔柔的光，
是灿烂的霞，
把辉煌擦在我的脸上。

# 心 愿

我愿做一个小小足球，
被孙子追逐。
我们跑到哪里都有笑声，
风来时飞速地旋转超过任何星球。
我们在等，
庞大的场子里有无数张笑脸，
欢呼。

# 片片落叶心

一定是秋叶有所托付，
不然，漫地的落叶咋这么急促？
像狗撵鸭子一样扑向大地，
再见了坚守岗位的千树万树。

还是落叶纷飞的时候，
就担心枝条孤独。
捎话九天，恳请老天务必给面子，
对冬天的枝条多多照顾。

如今落叶安心沃土了，
只为来年的春花拥拥簇簇。
浪漫得一年四季花枝招展，
生命永驻。

# 冬日的阳光

冬天的心情挂在中国传媒大学的树梢，
裸露刚强，
思维是遒劲的枝条，
粗壮的树干是挺直的脊梁。

冬日的阳光，
你穿透阴霾轩昂而至，
似爱人灿烂的笑容照亮闭锁的心房。

如猎手燃起的篝火，
冰冷漆黑中鼓舞坚强。
你张开鼓荡天地的金帆，
载着世间向春天起航。

# 表 针

我们把表针指向过去，
时间仍在眼前对着你大声歌唱。

我们把表针指向今天，
时间去哪了？
它在迷宫里奔忙。

我们把表针指向未来，
时间笑着告诉我们，
未来你们会在两句诗之间冥想。

# 我害怕

我害怕向您的孤独低头，
我害怕变成自己都不认的人，
我更怕看到自己脚边的那双大脚，
冷得踩着地面，
只一念就让我成了她的孩子！

# 说不出的疲惫

有一种默契把变形的门虚掩着，
不在一间屋却倾听着另一间屋的梦话。
自己像猫被剪去了指甲，
大大的懒腰献给了沙发，
脸洗得很干净，
再没力气说出快乐，
一条身子被多人指使，
却无人解释为什么。
到底想干啥？
谁知道！
只能用上半身让出对方的视线，
别往下看，
是说不出的疲惫。

# 降　世

过了晌午，
我准备甜甜地睡个午觉，
好去欣赏那灿烂的晚霞。
外面的世界还在剧烈地晃动着，
老伴总是早起，
她知道我醒后的饮料，
煮沸后咖啡，不加糖，
那是人生的自然味道，
醒来的我悄悄对着老伴说，
今天我要出生了！

# 奴　感

奴感是不能自己生存的小狗，

它没叫但时刻害怕，

怕吓着主人，

让主人分不清它到底是可以亲近的朋友，

还是会伤人的魔鬼。

# 你不懂黑色

头发染黑，
都知道它不是青春。
不会有大海的志向，
只是一直保持着乌黑的颜色。
不要折腾头发了，
其实黑色来自迷茫的魂灵，
而满头的霜雪是耀眼的白昼堆积的快乐。

# 老 伴

不擦地了，
不收拾了，
咱们啊，
雇个保姆，
这老了老了，
我们要花不老时挣到的钱，
也去吃那两个人的晚餐？

好啊，
难得想得开。
也是我们用智慧奋斗这么多年，
出腿才看到了两腿泥！

天凉了，
咱们去看芦花。
万物无望，
芦苇始神醒，

茸花始喷放！
没有花朵再与她争艳，
阳光照耀，
圣洁夺目，
多情而自由！

染什么黑发?!
站到它们的影子里，
我们好好谈一谈：
爱情……

# 不能赶走自己

我知晓在我爱上名利时，
失去了更多。
我实在不忍心把自己赶走，
扮上妆，
像只花花绿绿的蝴蝶供人欣赏，
等阳光去串门，
再飞舞被人当成恐惧的黑蝙蝠。

# 我的世界

在这个城市，

我认识卖油条的大哥，

认识街上的环卫工，

认识卖给我西红柿的大妈，

认识隔壁住着的孤独老人，

不认识贪官污吏，

不认识市井奸商，

不认识黑道恶棍，

不认识忘恩负义的贱人。

这里我是一个提着自己世界行走的孤客，

所以我喜欢写诗，

你打开我的世界，

会跃出尘埃，

会驱散雾霾，

会跃上云端，

相信我，

这里住着一群热爱生活的人。

# 找回丢失的自尊

握手时我想起了主人和仆人，

两匹马已经在等着我们。

我去外边和一匹马商定，

带我去找回丢失的红气球。

那样很开心，

那匹马还拴在那，

听说它的主人真成了仆人。

# 勿 扰

请君勿扰。

任凭你啧啧称赞，

我也不会再让你看一眼。

我已经归老湖边，

你一个铃铛，

怎会乱了我的琴弦?!

# 哭吧，小丑

我们可不愿意陪你，

小丑都下班了，

你低头坐在那还不动，

只等着你白天的交易吹响你的手机。

你把脸上的油彩调成戏里的颜色，

可你还是没遮住小丑的脸，

你的世界没有快乐，

如海里的一条瞪眼流泪的鱼，

尝不出自己的眼泪是咸还是苦。

# 把你变成好人

看了我的诗，

你哭了。

我知道你的眼泪在心底，

不用投石泪水也波澜，

那是冷寂后的大片雪崩。

你哭吧，

感动你的不是我的诗歌，

是那个击打你脊背的善良。

一个做了多年坏人的你，

被诗吓坏了，

卸掉你一身伪装的黑衣，

你是否觉得有种像刚出生一样的轻松？

张开的小手，

想要的都是哺你重新成长的奶瓶，

在它们怀里你的哭都变成了歌。

# 无　题

遁世隐居多志士，
锦城闹市演无赖。
不信看取青史上，
清风道骨帝王才。

# 隐藏的心

一个人为了地位和金钱，

拖着一条黑色的尾巴，

如狗如狐，

就是不像人。

这怨谁？

爹娘从不说，

落叶纷飞，

根把春色拉回自己的身体，

它绝不想让冬天知道它还活着。

# 你的爱

我确信你爱的不是自己，
而是自己的发型，
一旦理发师失踪，
你无法使自己重生。

# 你的快乐在蓝天下

本来白昼很明媚，

你何必等黑暗的夜晚，

扮成夜行者，

想给每一颗星星画上笑脸。

让它们快乐不是你的职责，

你须懂，星星在黑暗中眨着眼睛，

是在向黑暗显耀，

它们在从茫然里压榨出快乐，

任你怎样赞美，

它们也照亮不了大地，

请记得，你的一杯加糖的咖啡，

在蓝天下沸腾着。

# 我的诗

我总是给你写诗，
你躲避着。
一座山脉的春天，
花香弥漫，
灿烂满山。
你是一个只望一眼就走的旅人，
走吧，
你非要挤上那漂泊的船，
苦海无边，
再回头，
岸已远。

# 雪　原

茫茫雪原，
你我仿若立于云端。
想起当年醉酒的苏轼，
高处的确不胜寒！
雪云不翻滚，
怎载你我向前？
只有风，
好刺骨！
奔朝思暮想的地方，
我们只好自己顶风，
脚印，尽管一路凌乱……

# 身不由己

吃、
喝、
休息，
来、
去、
说话，
仿佛都是风说了算。

# 何惧之有

决不将生死分成两军，
让他们短兵相接，
一决雌雄！
生，是那棵树上的叶；
死，是那棵树下的根。
叶落根长，
根长叶茂，
共育树身，
如此生死，
何惧之有？

# 下雪的时候

下雪的时候，

天空若有若无，

大地若有若无，

你若有若无。

我在贴着红窗花的窗内，

能模糊地看见你，

像一座活火山正在喷发，

除你之外，

我还看见了一群从不知过冬搭巢的麻雀，

在茫茫天地间瑟瑟发抖。

# 又喝大了

一摊烂泥，

2019 年的第一场酒，

俺是齐天大圣，

十万八千里只用一个筋斗。

唢呐误时光啊，

豪情是西北风，

大话摆上桌面时，

根本不如一粒花生米。

踉踉跄跄：有事你说话，

结结巴巴：寒秋才有这样的蝉。

又喝高了，

谁都不服，也不扶墙，

拿条眼镜王蛇当拐杖，

能咋的！

# 衡水街景

衡水街景引心澜，
洁净有序街道宽。
路旁有了新公厕，
闹市郊区都美观。
湖水城市定特色，
景武书记续新篇。
衡水百姓心欢畅，
做了实事人民赞！

# 伤心男人

寒冬，

你说好冷，

别哭，

一定按我说的做。

回你自己的家，

依偎着她，

别想再冲出去，

向她勇敢地说出你没赚到钱，

她的体温会更暖。

她会说，

别哭，

亲爱的，

你还有我。

一个把聪明用尽，

还在用尊严酿制幸福的你，

定要交出指缝间藏匿的光辉。

别再怕什么了，
你还能大笑，
露出更多的牙齿，
你和她抱成一团吧，
从悲伤的山坡一路滚落，
山下有座小木屋。

她还会说，
亲爱的，
别哭了，
你的泪水已煮成了咖啡，
既已回家，
你只有欢乐。

# 这是谁的冬天

寒风叫嚷着要给点颜色看看，
于是我就站它面前，
别忘了还有阳光，
永远统治着严寒！

不知是谁家的女子，
一身冰霜，
跋涉在打工的路上。
路灯在漆黑中点亮她的世界，
似雪呀一样圣洁……

冬的世界，
阴和阳已不再透彻，
夜长昼短，
总是不均。
于是贪婪总是钟情着黑夜，
如偷情者们，

在圣诞夜里尽情狂欢。

谁也代表不了小草的意志！
不要以为这片土地已经疲惫憔悴。
小草的根，已在冰冻的黑暗中开始呐喊！

夜色阑珊处，
我寻见：
片片雪花正铺满清洁工人们的头顶，
路灯下，
一群打着盹儿的商贩正盼着天明。

啊！
寒风，
你尽管咆哮吧！
咆哮累了后，
睁开眼看看，
这究竟是谁的冬天?！

# 雪 花

明天就是春天，
雪花，白净的脸蛋似乎很平淡。
明知道即将告别红尘，
雪花的笑容还那么好看。

想当初从九天飞流直下，
可不是一次例行的下凡。
冬天的万物在寒风中裸露，
雪花此番是温暖人间。

灶王上天要夹道欢送，
而雪花，来得激烈走得突然。
在人间，雪花饱领了世态炎凉，
回到天庭和白云联欢。

# 快乐很轻

快乐像气球，

很轻，

人一松手，

它就不知道飞去哪里了。

名利像铅球，

很重，

人若奋力掷它，

还会在眼前。

# 妖与人

妖精，

心是黑的，

总爱吃掉那些黑了的心。

人，

心是红的，

一刻不停地暖着他的生活，

恨不得连他的影子都抱在怀里，

让他变成这个世界最得意的人。

无论他去哪，

她都会浪漫天真地朗诵：

让影子陪着你去吧！

我的……

# 酒　桌

啤酒瓶口溢出的泡沫，
多像随口的承诺。
兴奋的男女们声音震天，
干杯！
酒精迷醉了神经，
泡沫尿了出来，
提起裤子的人们又返回到酒桌上。

# 念

烟囱的眼睛只望向天空，

没有雨雪的云让日子变得昏暗，

小小的药丸含在口中，

锄去青稞的土地让踏青变成了思念。

一咳，

一念，

多少人像埋在矿井里等待救援。

# 你就是一个悲剧

我拍拍你的肩膀问：

一个人，

呆子般坐在那把皱皮官椅上，

成为路人眼里的风景，

为什么还在张望？

空空的屋顶和四壁，

一只冬蚊，

还躲在那里，

仍为夏季未吸到血，

在郁闷，

在叹息……

一把扇子，

要赶走那个坏家伙。

它一边躲一边笑着说：

赶走我，

无论你坐在前边还是后边，

都是一个悲剧！

# 你有故事我有酒

你有故事我有酒，
聊天聊到三更后。
从此爱上明月夜，
再讲故事再饮酒！

# 人　生

岁月匆匆留不住，
人生何必不缠绵？
安康本是老天定，
没有金银哪有饭？

# 桨

桨，
注定了左右摇摆的命。
制衡，
过去、今天和未来的事，
苦海无边。
我宁愿坚定在一侧，
用力划，
让船转了头，
岸上才是人间！

# 让他去冲另一条路吧

艰辛与磨难，

终有一天，

你会在岔口送行你的影子，

向另一条路冲去！

想想你一生不敢触碰的，

都由他去独闯……

让他抽出你从未亮过的剑，

把世间的牛鬼打出鼻血两行！


他会在终点等着你，

他会告诉你，

我们的祖国经历了什么，

是因一次痛哭，

而永远强壮……

# 不遗憾

我的诗，

你不读，

是你从未想过被感动。

我的路，

你不走，

是你从未想和我同行。

然后，

分道扬镳，

友情更多的时候是个伪命题。

# 醒

凌晨四点半，
醒。
像从窗台，
跳进屋里的小鸟儿，
柔情呢喃着，
躲进我的胸怀……
我从床上坐起，
哪顾得开灯？
把梦写在曙光里！

# 远去的船

总盼先求名后得利，
总想千里做官为吃穿，
总步后尘，
把一生全部赌上，
豪情如卵石凌乱了河床。

千万次醉倒，
咽下的美宴，
总想呕吐出来，
可又舍不得，
坚强地忍着。

盼着夜色快些退去，
天亮狂奔到码头，
再也没力气喊住远去的船。

# 当 归

任凭人间红叶舞，
两鬓含霜，
笑对天涯路。
花落飘飞何几度，
有缘人在情深处。

浪人一去无归数，
双眼望穿，
又把时光误。
鸿雁传信相思苦，
月圆花好当归途。

# 立春有日

敲锣打鼓来到了人间，
有迹象表明，又到了春天。
立春俨然是春天的字据，
时间一到，立马兑现。

设计了许多春的故事，
比如说，花开花落在衡水湖畔。
昨天衡水湖还冰冻了三尺，
冰冻三尺，非一日之寒。

衡水湖似乎全然不知，
依然是冰冻，依然是冬眠。
立春忍不住悻悻而去，
对"北风还那个吹"很是不满。

# 月光下

月光宁静，
却会令人心潮澎湃！
仿佛传说中的爱情，
穿越时空而到来……

绵绵情思，
如月光飘洒。
遥遥感怀，
漫步在树下。

迷离悠远，
情不我待。
在那半掩的后窗，
千千呜咽……
明知等的是一张无字的信笺，
却还要思情满怀！

# 衡 水

列车一进衡水站，
阳光已经站在那里等我。
抬望眼，
父爱般的太阳露出笑脸。
你好啊，
衡水！
聚来不同的游子，
将一个灰冷的冬季，
送到一个温暖的春天！

# 过　年

一年的时光沸沸扬扬，
被煮得发烫。
年来了，
这个古老的民族，
在这个特定的时刻，
要把三十和初一的饺子，
下到时光的锅里，
炉火更旺！

听说不让放鞭炮了！
怎样向天空绽放火热的情怀？
怎样鞭炮声声辞旧岁？
怎样才能唤醒列祖列宗？
守岁?!

# 老 村

街是空的，
寂静地挂在冬的树枝上。
世界质询我的眼睛是悲伤的，
那家有位老人辞世了，
听不到哭声，
没有吹唱，
看不到吊唁的人，
不比城市死掉一条宠物狗，
村人们都去哪了？

我急步回到我的老屋，
三十六年无人和它做伴了。
当年，
傍晚升起的炊烟，
风箱声此起彼伏，
每家点起的煤油灯闪亮闪亮的，
我和小伙伴们捉着迷藏，
不大会儿，
满街喊起吃饭声。

# 正　月

正月
它饱含节日的快乐，
一抹朦胧的浅绿，
是春风的笑意。

正月，
乍暖还寒的沉稳，
大地正孕育一场灿烂。
春的脚步进门了，
一切都已成竹在胸，
却仍低调沉稳不露声色。

正月，
万事的起点，
给人带来期待和憧憬，
远方若隐若现的岁月，
在人们胸中涌动。

# 春 天

春天醒了，
小草醒了，
冰河醒了，
梅花正像毛主席《咏梅》一样，
笑在丛中！

# 过 年

守候在狗年的尾尖，
静静聆听，
猪年在欢唱！
揣一怀憧憬，
踏出门槛，
采撷春的第一缕霞光，
放进胸膛！
快，
张开嘴巴和鼻翼，
吸入大地的清馨，
尽情地呼出那华丽的诗章！

# 大年初一

这是大年初一晚上，

这是多年的楼房，

你斜依床头，

把自己放在灯光下。

没有成片的爆竹声了，

夜的黑落在封闭的窗上，

你想起了多年前走过的乡间路，

见过的野兔，

欢笑的男人女人，

绿色的方田，

田边棵棵杨树，

给风留下更多说话的权利。

# 果　子

对面，我们认识。

我们在工作中，凝视过。

他给我过果子，没给过树。

我找到树，树说：

我左右了一个疲惫的人，

用我的果子，

传播我的种子……

# 旗　帜

那一天，
我十七岁，
在我的记忆中，
我把那一天当作旗帜。
它反复地在我的世界里飘着……
让我成为有翅膀的人！

# 乡村行

拜年游漫乡村道。黄犬引，猫儿喵。树上喜鹊遥问好。新年如意，吉星高照。风送芬芳缈。曾经年少如今老。大年重逢脸含笑。携手登堂尽情聊。暖情茶香，花生红枣。煮饺炊烟袅。

# 问问自己的你

知否，知否，皱着的眉头，

为何解不平心里的褶皱。

寒冷的风，轻轻洒下冰冷的雪粒，

是否，问你，你是否问过自己流年的沉沦。

是不是等你，等过了青春与中年，

那沉沦是否随官场上的酒而消化，

心的寄坛是否还有想念的回眸一瞬。

眼前，已乌云密布。

是否，浮念三生而未留下印痕，

翻腾，是否化作来生的雨。

老，

幼，

妻，

己，

是否养活得起。

眉头沉陷在沉默里，

只有那唇角一丝丝向上扬起，

是否仍是社交中凝固的礼节，
星空、暗月，冷气真冷，
笑问，
天，又奈何，三生的过往，千年的回眸。
也许，只在当晚，
今夜，好好问问自己的你……

# 望湖冰

衡水湖面，冽冽冰鸣，

王朝三千载兴亡。

垂柳荡漾，

凭台望远，

东方紫气升腾。

今次梦关公，

曹营操练水兵，

桃园义情。

世事冷暖，

梅花岛上梅正红。

大鸟似龙凤，

自由长空。

# 快来衡水

你会被吸引！
马不停蹄日夜奔袭了多少公里？
一定是衡水的名气，
你才一腔豪情直奔衡水。

只想喝一口六十七度老白干，
再游比西湖还美二十倍的那片水。
还没等疲惫的身心做一次舒展，
就已陶醉在衡水湖的美丽。

没景点让人涂鸦"到此一游"，
却留给游人深刻的记忆。
想必你举目眺过的山山水水，
也不会有这纯自然的灵气。

# 还货的老农

没有城市的楼，
没有兜风小轿车，
儿女不结婚。

为还房和车贷，
老汉和老妪又背起无奈，
无奈怎么这么重，
压弯了夜的月，
碾碎了漫天星辰。

眼眸中的泪与殇，
依旧闪着坚强，
心中只剩一滴血，
须要喷出心门。

人前，
用微笑面对。
深夜，
梦与泪共存。

# 独　坐

家中阳台里，
抬眼望蓝天。
回思奋发路，
不憾无感叹。

# 乐天伦

闲步厅间案牍空，
孙来喊门喜潮涌。
回眸尘世不感慨，
手忙脚乱抱顽童。

# 同学，我在远方想你们

同学，

我在想你们。

四十年了，

你们躲在哪里，

我怎么也找不到你们。

四十年前一别，

彼此只留下笑容，

那咸咸的泪水都吞在肚里。

只记得在校园门口，

你扭过头去，

我也不愿看你，

你起伏的背部，

已成为伤离别的经典，

一直储存在我的脑海里。

同学，

四十多年过去，
如果我们相遇，
彼此是否认识？
只要你说一句话，
我马上就会认出你，
因为你的声音，
已经渗进我的骨子里。

同学，
也许我真的老了，
近一年来，
我几乎每天都在想你们。
我早晨洗脸的时候，
你们出现在洗脸盆里，
我吃饭的时候，
你们在我的汤碗里，
我喝酒的时候，
你们在我的酒杯里，
我睡觉的时候，
你们又在我的梦里。
你们是我抹不去的影子，
紧密相随，
一生一世。

同学，
我向你们报告，
我现在一切都好，

平生只有一个愿望，
哪天能找到你们。
如果有相见的那一天，
先说好，
谁也不许流泪。

# 春 节

实在用不着左顾右盼，
冬天一过必定是春天。
突然间游子们一改往日的执拗，
静悄悄地赶往乡愁的家园。

听说老人早就预备好了，
五花八门的传统春宴。
只盼着孩子们一登家门，
脚不沾地成了饭店的服务员。

孙辈们看不了爸妈的懒惰，
开展了大批判：
为啥不帮你们的爹娘干点活？
这到底是谁给谁在拜年？

# 小鸡和蘑菇

想起蘑菇心里就来气，
天下的小鸡都不愿听到这两字。
看到主人的厨房泡着蘑菇，
小鸡的心情不言而喻。

看到满院子的鸡还闲庭信步，
如同人让人欺骗了还蒙在鼓里。
小鸡知道，灶火一旦被点着，
就得陪蘑菇被人下酒去。

谁发明了小鸡炖蘑菇？
分明是看小鸡弱小可欺。
谁发明了这道菜，
得意得禁不住沾沾自喜。

# 脑袋说

人和人为嘛有区分？
原来在脑袋和脑袋之间。
混得好点的暗藏了几个脑袋，
而且一个比一个阴沉。

平时和大家伙嘻嘻哈哈，
遇见事，几个脑袋就集中精神。
类似三个臭皮匠，
集思广益一番就成了超人。

拿一个脑袋招摇过市，
藏一堆脑袋排兵布阵。
如果你长一个脑袋还是一根筋，
充其量是人家唱戏你当陪衬。

# 穿行衡水湖

隐隐约约芦苇在感慨，
该去的必去，该来的必来。
曾经惊恐万状湖边的小树林，
成了原始森林的二代。

惊恐的岁月成了往事，
古怪的人群行踪诡异，
尽管林子还稀稀拉拉，
尽管人造垃圾还裸露在外。
湖水想，假如人们真痛改前非，
未来的我将会相当气派。

# 惊心暗叹

为何你在,
会议室你的座位却空着?
难道人间最难留的只是光阴?
一片落叶惊了这旷久的发呆,
退休原来是夜浓月淡。

# 退 休

退休的路到底有多远？
在乎远方，在乎港湾。
一颗心颠簸起伏在漫漫的行程，
人情有冷暖，阴险有离间。

雄鹰有双搏击长空的翅膀，
飞起就似离弦之箭。
脚下是横亘的万条江河，
脚下是蜿蜒的巍巍远山。

自由似一路的风轻云淡，
自在是人生的最高期盼。
退休，那将是多么浪漫的幸福，
品南国花香，享北国雪寒。

# 苟 且

你已不能找一个理由证明自己，

只因没努力，

还能够活下去。

但守着悲催，

你可以选择不说，

也可以躲在影子背后失声恸哭。

泪水为你疗不了伤，

只是打发寂寞。

这方疆土没有万里河山任你挥霍，

你只能深一脚浅一脚走在陌生的巷口。

季节不能搬运，

屏住呼吸吧，

别吵醒梦中人。

# 初 春

乡间小路弥漫着清新的绿意，
燕子牵起白云的衣襟，
欢快地徜徉。

天地间成了苏醒万物的天堂，
飞翔的心早已冲出寒冬。

灵魂里，
已满是灿烂之花香。

# 春 云

深刻的道理来自民间：
过了冬季就是春天。
杨柳们，在江河大地闪一条通路，
夹道欢迎着北归的雁。

云彩听风就是雨，
一年四季墙头草的表演。
它永远摸不准风要去哪儿，
忐忑的云彩惴惴不安。

云彩对雁充满了仰慕，
人家雁，冬去春来直奔家园。
人间的春运也成了云的榜样，
因为有家，哪个敢拦?!

# 春风醉

早春二月，
天际在躁动，
大地在颤抖，
这是春风的活力！

哦——
清瘦的大山醒了，
断流的小溪醒了，
冬眠的动物醒了，
天地间的人也醒了！

哈欠！
一个长长的响喷，
伸伸懒腰，
走出蜷缩了一冬的家门。

喂！

朋友，
快离开喧嚷尘嚣的城市吧！
到河边去，
到田野去，
到沁人心脾的春风里去！

哇——
蓝天在流动，
阳光在飘逸，
空气在流淌，
万物勃勃生机！

嘿！
小草绿了，
柳枝绿了，
迎春花开了，
鸟儿歌唱了！
小雨淅淅沥沥，
平静的湖面泛起了涟漪。
清新的春风荡涤着心灵，
我们疲惫的身躯充满了生命的动力！

来吧，朋友！
朋友！来！
我们与春风做伴，
我们与背弃分离，
我们一起与春风去感受生命的呼吸。

春风是可以种的，
让我们绽开笑脸，
让我们播下爱的种子，
她就会悄悄地发芽，
绿意摇曳。

啊！
让春风在我们的心里吹拂吧，
我们就会永远生活在阳光明媚的春光里……

# 临湖观感

梦里依稀豪气在，
春来冬去不寻常。
青丝霜染水波照，
为赋新词菜酒凉。

# 早　春

雪花落尽麦苗长，
柳飘扬，大雁唱。
步散闲庭，
偏是好风光。
期盼一年春早到，
人相悦，水中央。

红尘原是梦一场，
曾匆忙，叹炎凉。
花落花开，
云鬓染成霜。
春色人间无计问，
邀明月，叙衷肠。

# 宝 贝

宝贝，

喜欢每一次挽住你的胳膊，

都碰到你已松垂的三角肌，

迷恋你脸上的皱纹。

不要挡我的眼睛，

我们还没有走完十万八千里。

好了，

我的宝贝！

我们不在炉火旁打盹，

我们也不去回忆逝去的青春……

走！

我们去远方——

干吗？

我们去个青山绿水的地方，

大声喊：

嘿嘿！

爱情——

等等我们……

# 春花的故事

一朵迎春花先开在春天，
传出话，今年一定和人们见见面。
不论料峭的冷风怎么忽悠，
小花愣是假装听不见。

为了目睹第一朵春花，
柔情的人们如疯了一般。
当春风化雨鲜花遍地，
人们立马转移了视线。

人人鄙视墙头的小草，
可有些人腰杆子比草还软。
愤怒的春花有话要说，
人心要和人心好好谈谈。

# 三 月

春从田野来，我出门相迎。

暖风，一声不响地穿过平静的湖面。

野鸟充满了灵性，

这样的时刻一生中不会有很多。


三月，你挖土我种树。

绿了人间悲凉的月色，

春梦，在田野的小屋里翻滚。

内心的影子渡过河水，等待桃花艳开。


我心充满怡情，这世界才没有了枯枝。

我身体里的苔藓一定是绿色的，

一般人看不见的地方，

三月，透明的光线找到了我。

# 幸好梦醒后有你

从十七岁到近六旬，
我以流星的速度，
带着梦冲向没有姓名的黎明。
我的烟斗被你夺走，
你把它扔在桃树枝上。
我相信烟油味道会熏着疯狂的蜜蜂，
你说它们不会放弃花儿。
你牵我手，
把我带进列车，
一睁眼，
满眼的绿。

# 远　离

哲慧举着安全牌，
让我远离某些东西，
例如人若一辈子，
总想跳进活棺材，
一人被众人抬着，
听着哭中带笑的声音，
这都是我不愿触到的危险品。

# 街 灯

给人们一个个点，
引导人们走向黑暗还是黎明？
光，
给人一条直线，
可它不是通向目标的路。
街，
给人一条曲线，
它是人间最有趣的故事……
黑夜时，
还是去高高的楼层吧！
站在窗前，
看街灯构成的图形，
用来收服自己所有的错误，
把它们挂在夜空，
变成不灭的街灯……

# 小鱼思

阳光明媚的假日之滨，
衡水湖畔赶来了一群钓鱼的人。
小鱼惊奇地盯着岸上的人们，
看人身上长不长鱼鳞。

人居然穿得五颜六色！
没有鱼鳞，靠啥防身？
早听说岸上的人们脸皮贼拉厚，
大话连篇也不知道砢碜。

小鱼不由得陷入沉思，
人的理念到底比鱼先进。
乐颠颠传承来的鳞片成了累赘，
纠结了小鱼一颗玻璃之心。

# 田园思

实在相中了绿草茵茵，
城里人撒开脚丫子向田园挺进。
去看看天上的白云飘飘，
去看看地上的牛羊成群。

主要还是去辽阔心怀，
城里头，水泥笼子憋得苦闷。
跨上骏马巡游原野的脱俗汉子，
惹得城里人羡慕纷纷。

早就腻烦了人的味道，
人的味道把人熏得昏昏沉沉。
来到田园清香四溢，
包括自己，处处香喷喷。

# 田园是我的家

田园住着的老人，

离云最近。

我和万物互通了姓名，

问了各自的兴趣，

从此成为知己。

感谢纯洁的自然，

它们满足着我的愿望，

田园是故乡，

灵魂飘到这里，

这里就是家，

遇到谁，

谁就是亲人。

# 等他们喊我

名利说，

城里追逐它们的人最多。

他们也很伤心，

听不到他们畅快的歌，

心灵会有新的伤痕，

很多很多。

我用自己戒烟的钱，

买了两盒创可贴，

等着他们喊疼，

等着他们叫我。

# 一个人

糟糕的生活，

是一个人戴着笑的面具，

永远不哭。

大热天，

仍要把手放在兜里，

不是松弛，

是握紧着的拳头，

即使知道自己走错了路，

仍假装落棋不悔。

就这样，

一个人悲伤着，

不知变成谁，

不知道爱谁，

更不知道被爱。

就这样，

一生不断眨着眼，

将自己一次又一次地刷新。

# 决 斗

忙是个体面的托词，
像阵阵狂风，
让人站立不稳。
忙里还是忙外已不重要，
休闲与忙决斗，
只能有一个活着出来。

# 活的方向

水泥马路，

霓虹灯，

染了发色的笑脸，

快远离，

那是死神的校区。

逃出来吧！

让肉体与灵魂和草木站在一起，

不论自己排在队头还是队尾，

不会在意，

听，

鸟儿来了，

欢快地告诉你生的方向。

抬头，

用你发光的眼神随它们飞，

万花筒般的云彩，

不由得你静等，

神仙的笑脸，

定会映在你干干净净的心头之上。

啊哈！

广阔天地，

大有作为。